AF329122

CLARISSE,

DRAME,

EN CINQ ACTES ET EN PROSE.

Par J. A. P.

Come il gelo à le piante, à i fior l'arſura,
La grandine à le ſpiche, à i ſemi il verme,
La rete à i cervi, ed à gli augelli il viſco,
Così nemico à l'huom fù ſempre amore.

PAS. ſı. At. I, Sc. V.

A PARIS,

Chez LE JAY, Libraire, rue S. Jacques, au grand Corneille.

M. DCC. LXXI.

PRÉFACE.

IL faut absolument une Préface quelconque, au commencement d'un Livre ; au commencement du mien, je mettrai tout simplement, une conversation que j'ai eue à son occasion avec un Raisonneur sublime.

P. Je n'ai pas encore fait de Tragédies, parce que je n'ai pas encore su en faire; & je n'en ferai jamais, parce que jamais je ne voudrai l'apprendre: car, pour bien faire une Tragédie, il faut voir de près, & connoître les Cours des Rois: or, j'en suis éloigné, autant par état que par goût ; il faut faire parler les hommes en héros , & moi, je n'ai jamais vu de héros : ainsi , par goût, par état , & par maniere de voir, il est donc constant que je n'ai, & n'aurai jamais le goût tragique.

R. Ceci importe fort peu à bien des gens.

P. Je le crois, puisque cela m'importe peu à moi-même.

R. Comment ? il vous est indifférent de faire ou de ne pas faire une Tragédie...?

P. Très-fort. Mais ce qui m'importe, est d'être sislé ou de ne pas l'être... ; voilà pourquoi encore je ne fais point de Tragédie...

R. Cette considération-là vous retient ?

P. La croyez-vous imaginaire ?

R. A-peu-près. Voyez ce jeune

homme au fortir du collége , les habits couverts de la pouſſiere des bancs, prendre d'une main encore échauffée de la férule, le poignard ou la coupe funeſte , maſſacrer , empoiſonner les héros ; n'en feriez-vous pas bien autant. . . . ?

P. Non, ſurement ; il faut pour cela la hardieſſe d'un écolier , & il y a déjà quelque tems que je ſuis forti du collége.

R. Mais , pourquoi avez-vous fait un Drame ?

P. Pourquoi ? parce que j'ai vu de près l'indigence & la douleur , le mépris dont une partie des hommes accable les autres hommes, ſous les titres faſtueux de grandeurs & dé richeſſes , dans l'ordre des choſes où rien n'eſt propriété, puiſque rien n'eſt à demeure fixe & per-

manente; où rien encore n'est gran=
deur, puisque tout n'est réellement
que foiblesse & infirmité ; enfin,
parce que j'ai vu l'abus du pouvoir.

R. *Quand aura-t-il tout vu ?* Mais
ne pouviez-vous pas voir cela tout
seul ?

P. Oh ! non ; mon cœur révolté
qui a senti alors la qualité de l'homme, a battu avec violence, & je n'ai
pu me défendre d'écrire ce que je
voyois. L'homme de lettres placé
entre le riche & le pauvre, souvent très-près du dernier, est l'organe par lequel l'indigent se fait entendre. Un livre paroît, on l'ou-
vre, on y trouve un tableau de misere & d'angoisses ; on se rappelle
qu'il y a des pauvres souffrans, cela
est déjà beaucoup ; on se laisse at-

tendrir ; le fentiment coule de la feuille de douleur , pénétre l'ame, l'embrafe : voilà encore ce que j'ai vu.

R. Mais toute cette belle tirade ne répond pas à la queftion : *Pourquoi avez-vous fait un Drame ?*

P. Doucement. J'y réponds par une autre queftion : *Pourquoi n'aurois-je pas fait un Drame ?*

R. C'eft un fot genre.

P. Cette décifion eft un peu vive.

R. Oui, on n'y voit pas l'ombre de fublime.

P. Ah ! d'accord ; & tant mieux.

R. Comment, *tant mieux ?*

P. Oui ; & voilà pourquoi le Drame n'eft pas un fot genre.

R. Pourquoi encore ?

P. Parce qu'il eft , ou peut être dans la nature : or, la nature n'eft jamais fotte.

R. Le *sublime* est-il dans la nature?

P. Toujours, *selon moi*; si vous parlez du *sublime* que je connois, & jamais, *selon moi*, si vous parlez du *sublime* que vous connoissez.

R. Quel est donc ce *sublime* que vous connoissez?

P. Celui que la nature elle-même indique.

R. Où est-il?

P. Dans la parfaite imitation de cette même nature.

R. En quelles circonstances?

P. Dans toutes celles où la nature se reconnoît. Un homme souffre, & me dit avec sentiment & en prose, *je souffre* : si j'ai ce même homme à représenter souffrant, je tâche de le saisir dans la même situation; je lui fais dire aussi avec fentiment & en profe, *je fouffre...*

R. Eh bien!

P. *Eh bien*, alors je leve la tête ; parce que j'ai fait du *fublime*.

R. Je vois depuis long-tems la malignité de votre intention : vous voulez en venir à dire qu'il n'y a point de *fublime* dans la Tragédie.

P. *Selon moi*, encore, cela quel- quefois pourroit être.

R. Allez, vous êtes un homme à paradoxes.

P. Trève d'invectives ; écoutez- moi. Nous avons raifon tous deux. Parlez-vous du fentiment ou de l'expreffion ?

R. Je parle de l'un & de l'autre : tout, tout y eft *fublime*.

P. Oh ! à préfent, j'ai raifon tout feul.

R. Comment ?

P. Oui ; parce qu'à préſent je vois que vous appellez *ſublime* le galimathias.

R. Je ne puis plus y tenir. Comment ? les vers de Corneille & de Racine ſont du *galimathias ?*

P. Je ne dis pas cela.

R. Que dites-vous donc ?

P. Ce que la nature veut que je diſe.

R. Et que dit donc vôtre nature ?

P. Ma nature qui doit être la vôtre , parce qu'il n'y en a qu'une ſeule , dit clairement , que les vers ne ſont pas ſublimes , *ſelon elle* : l'art dit le contraire ; & moi , je ne ſuis pas de l'avis du dernier.

R. La Poéſie n'eſt donc pas la nature ?

P. Non, Monſieur , pas plus que

la Muſique & la Danſe. Un homme ne parle pas en vers, ne crie pas en muſique, & ne ſe ſauve pas en danſant. Quelques affaires que vous ſuppoſiez entre les Rois, ils ne traitent pas par lignes de douze ſyllabes; les élans de la douleur ſortiroient les mêmes du plus joli goſier d'Italie comme du plus groſſier; & le meilleur danſeur de l'Opéra pourſuivi, ſe ſauveroit à coup ſûr comme le porte-faix du coin. Duſſiez-vous vous fâcher, je vous le répéte, voilà qui eſt vrai.

R. Il ne faut donc plus de Muſique, de Danſe, ni de Poéſie?

P. Pardonnez-moi; ce ſont autant d'imitations de la nature, qui, quoique fort éloignées plaiſent; & ne plaiſent pourtant, plus ou moins, que ſelon leurs degrés de diſtance de cette même nature.

R. Pourquoi donc a-t-on appellé la Poéſie le langage des Dieux ?

P. Parce que jadis on étoit de cet avis dont je ſuis aujourd'hui ; on croyoit bonnement qu'il n'y avoit que les Dieux qui euſſent l'eſprit de faire des vers dans la converſation.

R. Mais toutes les nations ſont d'accord qu'il y a du *ſublime* dans la Poéſie. Comment l'appellerez-vous ?

P. Quand les ſituations ſeront vraies, quand le ſentiment coulera de lui-même & ſans efforts, alors je dirai voilà le *ſublime de la nature.* Quand les vers ſeront ſonores & bien cadencés, alors je dirai voilà le *ſublime de l'art*, & j'aurai raiſon, parce que je me donnerai bien de garde de confondre l'un avec l'autre.

R. Vous préférez donc un Drame à une Tragédie ?

P. Je ne préfére rien à rien, parce que je ne veux donner le ton à personne ; mais quant à moi, je sais bien à quoi m'en tenir.

R. Je sais aussi à quoi m'en tenir sur votre maniere de juger. Je n'ai plus rien à dire , nous ne serions jamais d'accord.

P. Nous y serons au moins cette fois-ci, car je me tairai aussi.

J'ai promis pour Préface une conversation, la voilà. J'aurois pu prévenir sur mon Ouvrage en particulier ; mais qu'en dirai-je qui ne puisse être nié ou senti ?

ACTEURS.

HENRIETTE *sous le nom de Clariſſe.*

VORMS, *Époux d'Henriette, ſous le nom de Sidnei.*

VORTHI, *enfant de dix ans, Fils de Vorms & d'Henriette.*

SUMMERS, *Voiſine.*

JENNINS, *Miniſtre.*

M. D'ORBEY, *Pere d'Henriette, ſous le nom de Blindſon.*

WILTH *sous le nom de James, Fils de M. d'Orbey, & Frere d'Henriette.*

Le Théâtre repréſente une Chambre où l'on voit pour tous meubles quelques chaiſes, deux lits de paille, & un grand vaſe de terre.

CLARISSE,
DRAME,
En cinq Actes & en Profe.

ACTE PREMIER.

SCENE PREMIERE.

CLARISSE feule.

Son air eft trifte & languiffant. Le jour commence à paroître.

PROVIDENCE ! reçois le premier hommage d'une ame flétrie par la douleur, fupplée à ce qui lui manque pour t'honorer dignement.... Mon Dieu ! tu éteins & fais renaître la lumiere, fans apporter le moindre adou-

A

ciſſement à mes maux. Tous mes jours s'écoulent dans l'amertume.... Je ſuis donc bien coupable ; oui, je le ſuis... les regrets me déchirent... ; je me ſuis plongée moi-même dans l'horreur qui m'enveloppe... J'ai attiré ſur moi l'indignation d'un pere.. ; mais ne punis que moi... & mon époux & mon fils... qu'une ſeule victime te ſuffiſe... Mon Dieu ! étouffe ce murmure.... mais ne punis que moi.

Elle va au lit de paille de ſon mari.

Il eſt déjà ſorti... exténué de fatigue, il và acheter du peu de forces qui lui reſtent, le pain dont il nous nourrira aujourd'hui... Oh fortune...!

Elle va à l'autre lit où repoſe ſon fils.

Et toi, cher enfant, fruit de cette union funeſte, tu portes déjà le poids de la malédiction... ; tu es puni du crime de tes malheureux parens... : ſommeille paiſiblement juſqu'à ce qu'éveillé par un beſoin auquel, peut-être, je ne pourrai ſatisfaire, tu me reproches ton exiſtence

par tes pleurs…. je fuccombe…. la douleur me tue…

Elle tombe fur une chaife.

SCENE II.

CLARISSE, SUMMERS, VORTHI.

SUMMERS.

Madame, auriez-vous befoin ce matin de quelques petits fervices…?

CLARISSE.

Ah, ma chere Summers…! comment
les reconnoîtrois-je ?

SUMMERS.

Que cela ne vous inquiéte pas; il féra
tems lorfque vous le pourrez.

CLARISSE.

Je ne le pourrai peut-être jamais…

SUMMERS.

Jamais… Vous vous trompez, Madame, vous pourrez toujours me bénir…

A ij

cela n'eſt-il donc rien…? D'ailleurs ces ſervices que je vous rends ſont de ſi peu de valeur… Mais vous m'avez inquiétée toute la nuit…; à travers la cloiſon je vous ai toujours entendu pleurer, ſan-gloter…

CLARISSE.

Il eſt vrai.

SUMMERS.

Je n'ai pu fermer l'œil un ſeul inſtant… je ſuis éveillée dès que j'entends quel-qu'un ſouffrir, & vous ſur-tout… Ah, Madame…! le chagrin vous fera mou-rir…

CLARISSE.

Je ſerois heureuſe…

SUMMERS.

Peut-être oui, ſi vous étiez ſeule… Mais ce pauvre Monſieur Sidnei, ne vous ſurvivroit pas long-tems; & votre cher Vorthi… qui en prendroit ſoin? La plus pauvre des meres eſt plus précieuſe à un enfant qu'une étrangere, quelque riche qu’elle ſoit… Allons, Madame , il faut ſe faire une raiſon.

CLARISSE.

Peut - on commander à ſon cœur… peut-on lui dire de ne pas ſouffrir lorſque la douleur le déchire…?

SUMMERS.

Mais, vous qui avez tant de religion… Eh bien ! il en eſt dans ce monde du chagrin comme de la joie, l’un & l’autre paſſent rapidement… Il faut prendre un parti…. Je conçois bien que cela vous ſeroit plus difficile qu’à moi. …; je ſuis accoutumée dès ma naiſſance à la pauvreté & à la peine….: il n’en eſt pas de même de vous, je m’en apperçois aiſément….; je ne ſais encore qui vous êtes, ni de quel pays vous venez ; mais je gagerois le peu que j’ai, que vous êtes une femme au-deſſus de mon état… Je ne ſais, vous avez certains airs, & Monſieur Sidnei auſſi… Oh, pour lui, je n’en puis douter depuis que

je l'ai entendu parler latin avec le bon
Monsieur Jennins... Madame, pardon-
nez...; vous pleurez..., je vous rappelle quelque souvenir fâcheux...

CLARISSE *avec sentiment.*

Ma pauvre Summers... je suis bien
malheureuse...

SUMMERS.

Je le vois..., je le sais... Mais de
grace, faites quelques efforts sur vous-
même; cachez un peu de votre douleur
à votre mari... il se tue de travail pour
vous donner quelques secours; il a la
douleur de voir que souvent toutes ses
peines sont infructueuses...: en rentrant
il vous trouve baignée de vos larmes,
consolez-le plutôt...; ne pleurez plus
devant lui...: en vérité vous me sai-
gnez le cœur tous les deux... Je bénis
Dieu à chaque instant du jour; mais
quelquefois je ne puis m'empêcher de
murmurer quand je réfléchis sur ce qui
se passe dans le monde..., je serois tentée
de...

CLARISSE.

Doucement , ma bonne Summers ,
nous avons plus encore que nous ne
méritons...

SUMMERS.

Mais , c'eſt qu'il y a tant de gens riches à qui rien ne manque... qui poſ-
ſédent tout , qui jouiſſent de tout ; &
tant d'autres, hélas! qui n'ont que des
pleurs... ; comment donc expliquer
cela ?

CLARISSE.

Ma chere , en deux mots: Dieu ne
doit rien à perſonne , il donne à qui il
lui plaît.

SUMMERS.

Ah , Madame ! que vous êtes reſpec-
table dans vos malheurs , il ne vous
échappe jamais un murmure, vous trou-
vez tout bien.

CLARISSE.

Tout l'eſt en effet.

SUMMERS.

Ce Monsieur James , par exemple,
qui demeure ici depuis quelque tems ;
cet homme-là paroît fort riche, eh bien !
il ne soulage personne...., il rejette tous
les pauvres...

CLARISSE.

Gardez-vous d'accuser qui que ce soit ;
il fait peut-être du bien à des gens que
vous ne connoissez pas...

SUMMERS.

Lui, faire du bien ! ah, Madame, sans
l'accuser, j'assure qu'il n'en a jamais fait
ici... : c'est un homme dur , toute la
ville le sait. J'ai entendu dire une nou-
velle qui m'effraie... Il court un bruit
qu'il a reçu des ordres de la Cour pour
arrêter les pauvres... : si cela est, je
crains que nous n'ayons beaucoup à
souffrir tous : il sera charmé de trouver
une occasion comme celle-là, il se plaît
dans le mal... C'étoit bien pis avant que
Monsieur Blindson , son pere , fût venu

demeurer ici...: ce Monsieur Blindson
aime les pauvres, sans lui son fils seroit
bien plus de mal...

CLARISSE.

Cet ordre, s'il est vrai..., m'inquiéte...

SUMMERS.

Je le crois très-vrai, mais nous n'avons
rien à craindre si ceux que la Cour en
a chargés sont justes, on ne doit arrêter
que les mendians, ceux qui vivent dans
l'oisiveté...; mais nous, nous travail-
lons, on ne peut nous arrêter sans injustice; ce n'est pas un crime que d'ê-
tre pauvre...

CLARISSE.

Je crois entendre mon fils soupirer....
*Elle se leve & retombe de foiblesse sur
sa chaise.*

SUMMERS.

Restez, restez, Madame...; je vais
à lui...; comment, il est déjà éveillé...:
ah! le pauvre enfant, il se meurt de
froid...

VORTHI *va à sa mere d'un air caressant.*

Ma bonne...., comment vous trouvez-vous ce matin...? Vous m'avez bien fait pleurer toute la nuit, vous ne faisiez que soupirer...: je vous caressois, vous ne m'avez rien répondu...; comment êtes-vous ?

CLARISSE.

Un peu mieux, mon ami.

SUMMERS *à part.*

Ciel ! quel mieux ?

CLARISSE *pleurant.*

En quel état il est...!

VORTHI.

Vous pleurez toujours...; depuis que j'ai un peu de raison, il ne s'est pas écoulé une heure seule où je ne vous ai vu répandre des larmes...; où est donc mon pere ?

JENNI.

Il reviendra bientôt...;

VORTHI.

Il est malade aussi..., *il pleure.* Mon Dieu ! que deviendrai-je...? je mourrai si je vous vois plus long-tems si tristes l'un & l'autre... Ma bonne, consolez-vous un peu pour l'amour de votre cher Vorthi... Serois-ce moi qui vous aurois déplu...? aurois-je fait quelque faute qui pût vous attrister....?

SUMMERS *à part.*

Quel enfant !

CLARISSE.

Non, mon ami, non ; au contraire ; vous êtes ma seule consolation... Vorthi, avez-vous en vous éveillant élevé votre cœur au Ciel ?

VORTHI.

Ah ! je n'y manque jamais ; n'est-ce pas le premier de mes devoirs....?

SUMMERS *avec transport.*

Que je vous embrasse aimable enfant, vous serez aussi vertueux que vos parens… Madame, je vais faire quelque petit travail, appellez-moi, ne m'épargnez pas s'il vous faut quelques secours…

SCENE III.

CLARISSE, VORTHI.

VORTHI *d'un air timide:*

Ma bonne, ma chere bonne…

CLARISSE.

Eh bien ! mon ami…

VORTHI.

Ne me grondez pas…

CLARISSE.

Que voulez-vous ?

VORTHI.

La faim me dévore, donnez-moi un peu de pain, je vous en prie…

CLARISSE *avec déspoirs*

Voilà ce que je craignois… Te gron-

der, malheureux ; ah ! que n'accable-
tu plutôt de reproches ta mere...

VORTHI.

Moi, vous faire des reproches, à vous
qui êtes si bonne !

CLARISSE.

Du pain...., mon fils, je n'en ai pas
à te donner ; depuis hier matin il n'en
est pas entré ici un seul morceau...:
C'est dans ce moment, ô Ciel, que je
sens la douleur d'être mere : celle que
j'éprouvai au moment où je t'enfantai,
n'est pas comparable à celle-ci.

VORTHI *pleure, & se jette aux genoux de sa mere.*

Je l'avois bien pensé que cela vous
affligeroit ; pardonnez-moi , ma bonne,
ne vous chagrinez plus, je saurai m'en
passer, je mourrois plutôt que de vous
coûter une seule larme.

CLARISSE.

Ah! si je pouvois te rassasier de mes

pleurs ; depuis long-tems ils font ma feule
nourriture.... Mon fils, ton pere nous en
apportera peut-être.

VORTHI.

Demandez-lui cela bien doucement,
je vous en prie, car s'il n'en avoit pas,
il fouffriroit de ne pouvoir appaifer mon
befoin.... Moi, je ne dirai rien.

SCENE IV.

Sidnei entre vivement un pain à la main.

CLARISSE, VORTHI.

SIDNEI.

MA Clariffe, mon enfant, voilà du
pain.... : je puis donc encore pour quelques momens vous conferver la vie ; raf-
fafiez-vous, il eft trempé de ma fueur
& de mes larmes...,

CLARISSE.

Quel état, mon ami ? ton fils fe meurt
de befoin...., foulage-le....

VORTHI.

Oh non, non, donnez d'abord à ma bonne, puis à vous après..., j'attendrai bien encore.

SIDNEI.

Quel sentiment dans un âge si tendre !

CLARISSE.

C'est notre unique consolation.

SIDNEI *embrassant son fils.*

Que tu m'es précieux !

VORTHI.

Vous m'êtes aussi bien cher.... Consolez donc ma bonne, elle gémit depuis que je suis éveillé.

CLARISSE *à Sidnei.*

Ne t'afflige pas, mon ami...

SIDNEI.

Ah ! c'est toi qui me déchire le cœur.... essaie plutôt de te calmer.... Ce matin, deux heures avant le jour, l'i-

dée de vos befoins m'a tout-à-coup
éveillé.... : avec quelle inquiétude je t'ai
abandonnée ! ton fein battoit par inter-
valles, des pleurs couloient à travers tes
paupieres entr'ouvertes..., & tu dor-
mois cependant ; que ce fommeil, ou
plutôt que ce trifte affoupiffement de-
voit être cruel... Ah ! femme malheu-
reufe, je fuis l'auteur de toutes tes peines ; fans moi tu n'aurois jamais connu
le mépris & l'indigence...

CLARISSE.

Ceffe de t'accabler de ces reproches... ;
je n'en ai point à te faire... : biens, honneurs, tu me tiens lieu de tout... Si le
poids de l'indignation d'un pere ne char-
geoit pas mon cœur, je ferois parfaite-
ment heureufe... Mon ami, ne fonge
qu'à ménager le peu de forces qui te
reftent ; tu n'as jamais eu l'habitude d'un
travail fi pénible, il t'excéde...

SIDNEI.

Tu veux que je repofe & tu manques

de

de tout...., non, non; tant que ce cœur battra, la derniere goutte de ma sueur achetera ton pain... Je me reproche ces momens de repos...; je me suis engagé au travail pour le reste du jour.... rien ne me retiendra...

SCENE V.

CLARISSE, VORTHI.

VORTHI.

Ma bonne, pourquoi l'avez-vous laissé sortir?

CLARISSE.

Mon fils, c'est pour te conserver la vie.

VORTHI.

Ah! dites plutôt pour me l'arracher...; pourrois-je vivre en le voyant souffrir...? eh bien! je ne veux plus manger de ce pain qui lui coûte tant de peines.

B

S C E N E *VI.*

CLARISSE, VORTHI, SUMMERS.
S U M M E R S.

Madame, le froid est vif, vous de-
vez bien souffrir ici, sans feu, sans vêtemens. Je me veux du mal d'avoir oublié de vous dire tantôt de passer chez
moi : venez, vous y serez un peu moins
mal ; cet enfant souffre beaucoup.

C L A R I S S E.

J'y consens…, Dieu vous rende tous
vos soins.

ACTE II.

SCENE PREMIERE.
JENNINS.

Il jette autour de lui quelques regards sombres.

VOILA donc le régne de la pauvreté &
de l'affliction... Voilà la maison de douleur...; la joie n'en a jamais approché...:
quelle misere! quelque injuste que soit
la malédiction d'un pere, quels maux
n'attire-t-elle pas? funeste distinction des
rangs, ouvrage d'un préjugé cruel, de
quels malheurs n'es-tu pas la source! Les
hommes rougissent d'être freres, comme
si de vains honneurs, de fausses dignités
pouvoient tenir lieu d'un si beau titre...
Quand l'homme connoîtra-t-il sa vraie
dignité? quand mettra-t-il sa gloire à

chérir & à respecter l'homme...? L'in-
sensé entouré d'adorateurs, pliant sous
le poids des cordons & des diamans, a
oublié que son sang étoit de la même cou-
leur que celui qui coule dans les veines
du malheureux couvert d'opprobre &
chargé de haillons... Que les riches jouis-
sent des avantages de leur état, rien
n'est plus juste ; mais qu'en vertu d'une
naissance imaginaire, d'une dignité fac-
tice, l'homme accable de mépris l'homme
son frere ; que sujet comme lui aux mêmes infirmités & aux mêmes défauts, il
se croie d'une espece supérieure, rien
n'est plus injuste aux yeux du sage. Sidnei aimoit la jeune Clarisse qui l'ado-
roit ; Sidnei n'est qu'un homme... : cette
dignité ne suffit pas ; il n'a point de rang,
la barriere du préjugé les sépare, la nature les unit ; un pere que le plus sot or-
gueil aveugle, les maudit, ils sont à jamais chargés de l'opprobre & de la pauvreté... Oh, peres ! que vous devriez
avoir de ménagemens pour le cœur de

vos enfans ; que vous devriez être lents
à porter contre eux l'arrêt terrible de la
malédiction que le Ciel se hâte de con-
firmer ; ils font malheureux, & vous êtes
coupables !

S C E N E I I.

JENNINS, CLARISSE.

CLARISSE.

Monsieur, j'accours vous remercier
des derniers foulagemens que vous nous
avez envoyés.

JENNINS.

Ils font bien foibles, je voudrois être
plus riche.…, mais je manque moi-même
de tout.… *Il tire de deffous fa robe un pain.*
Voʻlà un pain dont j'ai pris la moitié,
prenez l'autre.

CLARISSE.

Ah, Monfieur ! vous vous priveriez
pour nous.…! non.…, je ne le recevrai
pas.   B iij

JENNINS.

Ce que j'ai me fuffit pour aujourd'hui. Il exifte une Providence, Madame, demain elle nous en enverra d'autre. Mes befoins font fatisfaits ; dois - je fonger à l'avenir, lorfque pour le préfent vous fouffrez ? Non, je ferois indigne de mon état fi j'agiffois autrement.... Recevez encore, je vous prie. *Il tire du linge.* Je me fuis apperçu que dans une faifon fi rigoureufe, votre petit Vorthi manquoit de vêtemens : voilà une partie de mon linge qui aidera à le couvrir...

CLARISSE.

Que ne vous dois-je pas ?

JENNINS.

Et rien, rien... *en montrant le Ciel.* Ne voyez-vous pas, Madame, que je m'enrichis ? Mais Monfieur Sidnei n'eft pas encore de retour....?

CLARISSE.

Il travaille depuis le matin.

JENNINS.

Le digne homme ! Mais… il est si foible, il mourra de fatigue…; retenez-le ici dès qu'il sera rentré, qu'il se repose au moins ce jour-ci… Ce pain suffira peut-être… Si les riches n'étoient pas si durs… mais, non contens de me reprocher que sans cesse je les importune, ils me fuient pour ne plus entendre le cri de la misere dont je suis l'organe… Ce Monsieur James, sur-tout, le plus riche de tous, est celui qui s'est lassé le plutôt. Dieu, cependant, nous a envoyé un secours dans son pere : je n'ai pu le voir encore ; on en dit beaucoup de bien : c'étoit un homme puissant, la Cour l'a disgracié; il vient jouir loin d'elle d'une vie douce & tranquille. Il se plaît à secourir l'indigence ; & depuis le peu de tems qu'il est ici, il ne s'est point passé de jour où je n'aie entendu parler de quelques-unes de ses œuvres: dès aujourd'hui j'espere le voir.

CLARISSE.

A propos de ce Monſieur James, Madame Summers m'a rapporté qu'il avoit reçu des ordres pour faire arrêter les pauvres...

JENNINS.

C'eſt vrai. Je ne vous l'ai pas dit de peur de vous inquiéter, quoique cela ne vous regarde en rien. Car ces ordres ſont contre ceux qui mandient ; & je ſerai le premier à dépoſer que vous vivez de votre travail.

CLARISSE.

Quand une fois on a éprouvé la ſecouſſe du malheur, tout eſt à craindre.

SCENE III.

JENNINS, CLARISSE, VORTHI.

Vorthi accourt à sa mere.

CLARISSE.

ALLEZ, mon cher enfant, jettez-vous aux genoux de votre second pere..., sans lui vous seriez déjà orphelin...

JENNINS *le prend entre ses bras, & l'éleve en regardant le Ciel.*

Ciel ! reçois cet enfant..., décharge-le du poids de la malédiction portée contre ses parens. . . : reçois-le, mon Dieu ! des mains de ton Ministre.... *A Vorthi :* mon fils, vous avez pris naissance au sein de la misere ; vos yeux, à peine ouverts, ont vu couler de larmes, un pere pauvre & souffrant, vous reçût dans ses bras ; vous n'avez encore entendu que le cri de la douleur, votre cœur a été serré d'angoisses dès le moment qu'il a

commencé de battre : les prémices d'une
telle vie ſont bien précieuſes devant
le Seigneur.... Si vous devenez riche, ſi
vous jouiſſez un jour de dignités, n'ou-
bliez jamais, mon fils, qu'il y a des malheureux ; ayez toujours préſent le triſte
ſouvenir de votre enfance, & vous ſe-
rez un homme de bien.

VORTHI.

Ah ! Monſieur Jennins, ſi jamais je
devenois riche, je donnerois tout... Mais
conſolez donc ma chere bonne ; conſolez mon pere, empêchez-le de tant tra-
vailler..., le voilà. Ah ! mon pere...
c'eſt Monſieur Jennins qui vous prie de
vous repoſer.

S C E N E I V.

JENNINS, CLARISSE, SIDNEI, VORTHI.

S I D N E I.

LE Maître dur à qui je m'étois engagé, m'a renvoyé pour prendre un homme plus fort, & m'a retenu une partie du salaire de ce matin !

J E N N I N S.

Peut-il être des cœurs assez durs...?

VORTHI.

Eh bien ! tranquillisez - vous, nous nous passerons bien de tout encore aujourd'hui, ce ne sera pas la premiere fois.

SIDNEI *s'asseoit.*

Je me meurs de fatigue....!

CLARISSE.

Mon ami, cesse de t'inquiéter pour ce

jour, le digne Monsieur Jennins vient de pourvoir à nos besoins.

SIDNEI *avec attendrissement.*

Le Ciel soit béni ! nous vivrons donc encore aujourd'hui...? *Il se jette aux genoux de Jennins :* Ange du Ciel ! Ministre saint ! je mouille tes genoux de mes pleurs... Vertueux Jennins ! vous me conservez tout ce que je posséde ici, ma femme, mon fils. *Clarisse & Vorthi se jettent à ses genoux.*

CLARISSE, VORTHI.

Nous vous devons tout...

JENNINS.

Mes enfans, mes enfans, ne remerciez que Dieu ; le peu que je vous donne n'est pas à moi, il est à lui, j'en suis seulement le dispensateur.

CLARISSE.

Dérobons à cet enfant une scène si attendrissante. Vorthi, passez chez Madame Summers.

S C E N E V.

JENNINS, CLARISSE, SIDNEI.

SIDNEI.

Le bras de Dieu s'est trop appésanti sur nous, nous sommes cruellement punis d'une faute...

JENNINS.

Mon fils, gardez-vous de perdre par le murmure tout le mérite de vos souffrances ; qui êtes-vous, pour oser juger celui qui est la justice même...?

SIDNEI.

Et son pere, son malheureux pere....? Mais peut-il encore porter ce nom, sa dureté ne l'en a-t-elle pas rendu indigne ?

JENNINS.

Sidnei, ne murmurez pas davantage ; vous justifieriez la conduite de Monsieur d'Orbey, en aggravant votre faute...

Peut-être même à cette heure le reproche le déchire.…: que dis-je, peut-être, il est furement plus malheureux que vous : dénué de tout, vous êtes cependant comblé de biens. Non! le bras de Dieu ne s'est pas appéfanti fur vous, il vous châtie légerement, il ne vous ravit que des biens paffagers, & dont la poffeffion même la plus parfaite, ne rend pas heureux ceux qui en jouiffent.…: Vous êtes aimé de la plus digne de toutes les femmes; votre enfant, dans l'âge où les autres hommes favent à peine s'ils font, ne refpire que pour la vertu.… Vous même, je vous dois cet aveu pour vous encourager, vous faites le bien, de quoi vous plaignez-vous ? n'eft-ce pas-là le bonheur ?

SIDNEI *en montrant Jenni.*

Puis-je être heureux, en la voyant fouffrir ? fans moi, elle jouiroit de toutes les aifances de la vie, de la confidération des hommes !

CLARISSE.

Dis plutôt, fans moi, que lui feroient
tous les biens du monde...? en toi feul
je trouve le bonheur.

JENNINS.

Cette digne femme porteroit avec joie
le joug de l'avilissement & de l'opprobre, fi vous étiez moins agité, mon cher
Sidnei. Vous l'aimez, vous pouvez l'aimer fans crime : elle eft à vous, le Ciel
même ne peut plus vous féparer ; tous
ces reproches font vains ; loin d'adoucir votre fituation, ils ne font que l'ai-
grir... Jeune homme, le défefpoir tue
à votre âge, ayez plus de confiance en
ce bras qui vous châtie, ne vous épui-
fez pas de forces...

SCENE VI.

Les mêmes. SUMMERS.

SUMMERS.

QUE vos secours étoient nécessaires ici, Monsieur, on s'y désole toujours. Je doutois ce matin que Madame pût voir la fin du jour, tant elle étoit accablée. Monsieur Sidnei n'est pas assez raisonnable, il travaille trop, il dépérit chaque jour, c'est-là ce qui cause tant de douleur à Madame... A propos, il y a là chez moi un grand homme, sec & noir, qui dit avoir vendu à Monsieur Sidnei, quelques étoffes grossieres dont il n'a pas été payé.

SIDNEI.

C'est vrai... Les voilà, *en montrant ses habits.* J'espérois le payer de mon travail, & je ne le puis...! Je ne sais où chercher les moyens de m'acquitter envers lui...!

SUMMERS.

SUMMERS.

Je voudrois bien pouvoir vous tirer de cet embarras, mais je n'ai gueres plus de meubles que ceux qui font ici...

JENNINS.

Comment faire...? c'eſt un devoir ſa-cré cependant, de rendre à chacun ce qui lui eſt dû. Mes enfans, je ſuis auſſi pauvre que vous tous.... *Il rêve un mo-ment.* Mais... je ſonge, attendez, allez trouver cet homme, priez-le d'attendre un moment, & je ſuis à vous.

ACTE III.

SCENE PREMIERE.

CLARISSE, SIDNEI.

CLARISSE.

Le bon Jennins reviendra surement avec quelques secours, tranquillise-toi...

SIDNEI.

Ce n'est pas la pauvreté qui m'humilie, c'est l'opinion que cet homme peut avoir de ma probité.

SCENE II.

CLARISSE, SIDNEI, SUMMERS.

SUMMERS.

Cet homme s'impatiente; ses enfans, dit-il, attendent son retour pour avoir du pain.

CLARISSE *à Sidnei.*

Tu le vois, mon ami, nous ne sommes
pas les seuls malheureux.

SUMMERS.

Ah ! Dieu soit loué. . . , je revois Monsieur Jennins.

SCENE III.

CLARISSE, SIDNEI, SUMMERS, JENNINS.

JENNINS *accourant.*

Me voilà, me voilà ; pardonnnez-moi,
si j'ai tarde si long-tems.

SIDNEI.

Nous prier de lui pardonner lorsqu'il
nous comble de biens. . . !

JENNINS.

Je me suis arrêté pour prendre quelques éclaircissemens sur le digne pere de
Monsieur James ; il se nomme Blindson...

Tout ce que j'en ai appris a confirmé la bonne opinion que j'avois de lui ; il vient d'éprouver un malheur assez ordinaire aux Grands.... ; il est disgracié ; le nom qu'il porte n'est pas le sien ; des circonstances terribles, dit-on, l'ont obligé de le changer ; *James*, aussi, n'est pas celui de son fils.... Mais... j'oublie... ; cet homme est-il encore là ?

SUMMERS.

Oui, Monsieur, il attend...

JENNINS,

Tenez.... *il tire de sa poche un livre doré,* voilà le seul meuble précieux qui me reste, c'est le livre de notre loi, puis-je l'employer pour un plus saint usage? vous le vendrez aisément ; de l'argent qui en reviendra, payez ce qui est dû. Madame Summers, ne perdez pas de tems.

CLARISSE.

Quelle noblesse !

SIDNEI *lui baisant la main en se courbant.*

Vous êtes, sans doute, plus qu'un homme?

JENNINS.

Silence, mon fils, en me louant, ne me faites pas perdre le mérite d'une bonne action.

SUMMERS *à part.*

Si tous les Ministres ressembloient à celui-là... mais je vais à l'instant...

JENNINS.

Voilà l'heure à laquelle je pourrai voir Monsieur Blindson ; fasse le ciel qu'il soit tel qu'on me l'a dit être....! j'y cours...

SCENE IV.
CLARISSE, SIDNEI.
CLARISSE.

Quel homme !

SIDNEI.

Il n'y a que la Religion qui puisse rendre un homme si vertueux...; de tels
exemples frapperoient l'ame de l'athée
le plus insensible.... mais quelqu'un
vient...

CLARISSE.

Que vois-je... un Exempt ?

SCENE V.

CLARISSE, SIDNEI, L'EXEMPT.
SIDNEI.

Monsieur, que voulez-vous ? qui
cherchez-vous ?

L'EXEMPT.

Je suis chargé, Monsieur, d'ordres de la part de Monsieur James, qui desire savoir qui vous êtes, d'où vous venez, & ce que vous faites...

CLARISSE *à part.*

La crainte glace mes sens!

SIDNEI.

Bien des gens ne se donneroient pas la peine de répondre à de semblables questions...; mais je veux bien satisfaire Monsieur James, sur ce qu'il croit avoir droit d'apprendre... Eh bien, Monsieur, vous lui direz que je suis un homme d'honneur, pauvre & souffrant; quant au lieu d'où je suis, cela lui importe peu à savoir; vous ajouterez de plus, que j'emploie le peu de forces que me laisse la douleur à gagner le pain dont je me nourris...

L'EXEMPT un peu brusquement.

Cette femme, quelle est-elle?

SIDNEI.

Apprends, homme aussi dur que celui qui t'envoie, à parler aux malheureux avec plus de respect... elle est ma femme...

L'EXEMPT.

Vous avez un enfant dit-on?

CLARISSE *bas à Sidnei.*

Ah! cachez-le lui.

SIDNEI *haut & avec fierté.*

Moi...! je rougirois d'être pere... *à l'Exempt,* Oui, c'est vrai...; j'ai un fils destiné, peut-être, à souffrir comme son pere.... que voulez-vous de plus...?

L'EXEMPT *en se retirant.*

Cela me suffit.

SCENE VI.
CLARISSE, SIDNEI.
CLARISSE.

Mon ami, vous auriez dû mettre un peu plus de douceur dans vos réponses.

SIDNEI.

Pouvois-je répondre autrement à tant d'impertinences?

CLARISSE.

Ces gens-là font accoutumés à voir tout plier devant eux; cet air de fierté les aigrit. Mais quel eft donc le but de toutes ces informations....? un preffentiment involontaire me trouble...! Mon pere, depuis dix ans, auroit-il découvert le lieu de notre retraite? mon frere qui étoit fi jeune lorfque nous fûmes unis, eft à préfent un homme fait.... fe feroit-il chargé lui-même du foin de nous découvrir....? dès ce tems-là, fon caractere fembloit promettre un homme dur & méchant.... Nous ne pourrons donc jamais échapper à la tyrannie ? tout est contre nous, jusqu'à la pauvreté, qui devroit nous voiler de son opprobre, & nous dérober à tous les regards... Si on alloit nous séparer....? ah ! mon ami, cette idée me déchire l'ame !

SIDNEI.

Ma chere Henriette, ne t'allarme pas sur de vaines apparences.... on n'a aucun dessein sur nous : depuis ces dix ans que nous sommes éloignés de la Province de ton pere, nous sommes inconnus à tous les hommes.

CLARISSE.

Nous avons une autre crainte encore ; ce sont surement ces ordres contre les pauvres...

SIDNEI.

Mais je ne demande qu'à ceux qui me doivent le salaire de mon travail...; rassure toi, rien ne nous séparera.

S C E N E V I I.

CLARISSE, SIDNEI, SUMMERS.

SUMMERS.

Ce livre étoit sûrement d'un grand prix; on m'a trompé, je crois, j'ai trouvé de ces gens qui profitent du malheur des autres; cependant j'ai payé ce que vous deviez, voilà ce qui reste, vous pourrez le rendre à Monsieur Jennins. Mais, Madame, vous pleurez encore...., il n'y a plus à s'inquiéter, c'est une affaire finie. Vous seroit-il survenu quelque nouveau chagrin?

SIDNEI *avec feu.*

Ma Clarisse, ma chere Clarisse...., ta douleur me tue...; si tu veux que je vive, cesse de t'affliger. Je ne vois dans tout cela rien qui doive nous inquiéter.

SUMMERS.

Ne me cachez rien , je vous prie ;
qu'eſt-il donc arrivé ?

SIDNEI.

Un homme de la part de ce Monſieur
James , qui a fait quelques informations. Raſſure - toi , ma tendre amie , la
pauvreté ne donne droit à perſonne d'at-
tenter à notre liberté ; nous ne ſommes
pas oiſifs, & encore moins importuns.

SUMMERS.

Cela eſt vrai, Monſieur Sidnei raiſonne
juſte. Allons , ma chere voiſine, venez
un peu vous diſſiper avec moi.

SIDNEI.

Allez , j'eſſayerai de repoſer un peu...

CLARISSE.

Sur-tout ne ſortez pas.

SCENE VIII.

SIDNEI.

JE voudrois lui cacher mon inquiétude & mon trouble, mais elle l'entrevoit aisément malgré tous les efforts que je fais pour dissimuler. Ce James est un homme dur ; s'il apprend qui nous sommes, aux dépens de notre bonheur, il se fera un ami du pere de Clariffe, il nous trahira & nous fera arrêter. Si je perfifte dans le deffein de lui cacher l'hiftoire de nos malheurs, on m'arrachera ma femme & mon fils; & bientôt nous ferons confondus dans une foule de malheureux, qui, malgré la juftice du gouvernement, gémiffent fous la tyrannie de ceux qui font chargés de fes ordres ; cruelle alternative ! de toutes parts, douleurs & oppreffion... J'apperçois mon unique refuge... le vertueux Jennins.

SCENE IX.

SIDNEI, JENNINS.

JENNINS.

Mon ami, rendons graces au ciel. J'ai vu un honnête homme, un riche fenfible & compatiffant.... Le digne Blindfon....! J'ai vu fes larmes couler fur le tableau que je lui ai fait de vos fouffrances...; il s'eft élancé vers moi, m'a preffé contre fon cœur... J'ai, m'a-t-il dit en fanglottant, fait vœu de fe-courir les malheureux tant que je pour-rois le faire. Je vous remercie de me fournir l'occafion de le remplir... Où font-ils ? j'irai moi-même... Il doit ve-nir ici tantôt s'affurer de toute l'horreur de votre fituation. Je jouiffois du plai-fir pur de voir, de ferrer dans mes bras un homme vertueux ; des larmes de joie inondoient mon fein, quand parut ce Monfieur James, fils indigne d'un tel

pere ; cette ame de fer , fur laquelle
gliffent tous les maux de fes femblables.
» L'on ne peut fecourir tous les pauvres ,
» nous dit-il vivement ; ceux qui reftent
» fans fecours , deviennent néceffaire-
» ment des hommes dangereux. Auffi ,
» continua-t-il , en s'applaudiffant , exé-
» cuterai-je avec le dernier fcrupule les
» ordres que j'ai reçus. Monfieur , lui dis-
» je , la loi eft générale & jufte ; mais
» ceux qui veillent à fon exécution doi-
» vent toujours l'adoucir... Je ferai mon
» devoir , me répond-t-il durement... : Je
» viens de commencer par envoyer faire
» des informations chez une famille de
» nouveaux venus , pauvres & hautains ».

SIDNEI.

Ciel...! c'étoit de nous dont il par-
loit.

JENNINS.

De vous?

SIDNEI.

Oui ! de nous ; un de fes Exempts fort
d'ici...

JENNINS.

Je frémis ; Sidnei , vous êtes perdus...
» Je saurai , continua-t-il , rabaisser leur
» fierté... » Mon cher Sidnei... usons des
plus grandes précautions , jusqu'à ce que
je puisse voir Monsieur Blindson , peut-
être un pere aura-t-il quelque crédit sur
ce cœur féroce... Ne restez pas ici... venez chez moi... de grace , suivez moi.

ACTE IV.

SCÈNE PREMIERE.

CLARISSE, SUMMERS.

CLARISSE *en pleurant.*

IL est sorti...

SUMMERS.

Au nom de Dieu! Madame, tranquillisez-vous, nous vivons sous un gouvernement juste. De quel droit pensez-vous que l'on ose arrêter votre mari?

CLARISSE.

Ah! de quel droit comme-on l'injustice? Le méchant James se sera trouvé offensé de la maniere dont il a répondu à son Exempt. J'ai pu supporter jusqu'à ce jour les humiliations, & tous les maux de l'indigence, mais ici, mon courage m'abandonne. Mon époux, mon cher Sidnei... si tu dois me l'enlever,

D

oh ! Providence... retire-moi , plonge-
moi plutôt dans la nuit éternelle du tom-
beau ; que j'y descende avant de t'offen-
fer... je ne pourrois me défendre du
murmure. Mon Dieu ! fais que je meure
innocente.

SCENE II.

CLARISSE , VORTHI, SUMMERS.

VORTHI.

MA mere a donc de nouveaux cha-
grins ! ma bonne , je vous croyois un
peu consolée, & vous êtes plus triste que
je ne vous ai vu encore.

CLARISSE.

Si l'on me séparoit de toi, Sidnei,
de toi, mon fils...

SUMMERS *l'arrache des bras de Clarisse.*

Venez, Vorthi ; votre présence aigrit ses douleurs.

S C E N E   I I I.

C L A R I S S E *seule.*

ELLE l'arrache de mon sein…! c'est peut-être pour la derniere fois qu'il a vu sa mere…! *Elle est dans l'enfoncement de la chambre, la tête appuyée sur une de ses mains, un mouchoir sur le visage.* Quels maux on me prépare? Sidnei… mon fils… *Elle s'assoupit.*

S C E N E   I V.

C L A R I S S E *endormie,* SUMMERS.

S U M M E R S.

ELLE dort… puisse ce moment de repos, calmer le trouble de son cœur! Y a-t-il donc des hommes destinés dès leur naissance, aux malheurs? *On frappe.* Je crois entendre quelqu'un: *elle va à la porte, répond,* doucement, s'il vous plaît.

SCENE V.

CLARISSE *endormie*, **SUMMERS,
BLINDSON.**

SUMMERS.

Doucement, Monsieur, je vous prie,
quelqu'un repose.

BLINDSON.

N'est-ce pas ici....? oui , je m'en apperçois aisément ; c'est ici que sont ces
malheureux dont m'a parlé le bon Jennins.

SUMMERS *à part.*

Je n'en puis douter , c'est le digne
Blindson ? *haut*, oui, Monsieur...

BLINDSON.

Ils sont donc bien malheureux ?

SUMMERS.

Ah ! Monsieur, plus que je ne puis le
dire ; plus vertueux aussi que je ne

puis l'exprimer... Le mari s'excéde de travail pour foutenir la vie de fa femme qui eft languiffante ; vous la voyez... depuis huit jours entiers, ce moment eft le feul où fes yeux fe foient fermés... Eh bien...! jamais je ne les ai entendu murmurer contre la dureté de leur fitua-tion ; ils fe plaignent en béniffant Dieu... & cependant ils n'ont le plus fouvent d'autre aliment que leurs larmes.

BLINDSON.

Je ne pourrois lui parler...

SUMMERS.

Puifque vous avez été affez bon pour venir ici une fois, Monfieur, vous le fe-rez encore pour y revenir, plutôt que de troubler fon repos ; elle en a plus befoin que jamais.... Pardon , Mon-fieur... Mais Monfieur James...

BLINDSON.

Eh bien... ne craignez rien, dites... tout le monde fe plaint de lui...; au-

roit - il encore commis quelque violence. . . ?

SUMMERS.

Il a envoyé ici faire des informations
très - suspectes, qui ont jetté cette famille malheureuse dans les plus cruelles
inquiétudes.

BLINDSON.

C'étoit là surement cette belle œuvre
qu'il nous vantoit, à Jennins & à moi.
Ame dure ! comment se peut-il que la
triste & funeste expérience de ton pere
ne t'ait pas rendu sensible ?

SUMMERS.

Ils craignent d'être séparés.

BLINDSON.

Cela n'arrivera pas ; rassurez-les sur
ma parole. Mais sait-on le nom de ces
gens. . . ?

SUMMERS.

Elle se nomme *Clarisse*. . . ., son mari,
Sidnei, & leur enfant, *Vorthi*.

BLINDSON.

Faites-moi voir cet enfant ; le bon Jennins m'a dit que c'étoit un prodige de raifon & de fageffe.

SUMMERS.

Monfieur, il vous a dit vrai....: je vais vous le chercher...

SCENE VI.

CLARISSE *endormie*, **BLINDSON.**

BLINDSON *après quelques momens de rêverie.*

QUEL féjour de mifere & de larmes ! tout femble ici ne refpirer que la douleur. Comment mon cœur fe refuferoit-il à la pitié ? *Il pleure en fe tournant du côté de Clariffe.* Ma fille... ma chere Henriette, fi la mort n'a fini tes peines, tu es à cette heure expofée aux mêmes befoins... J'ai l'ame bourrelée... depuis le moment où je l'ai perdue, j'ai perdu auffi le repos....: une voix inté-

rieure me déchire le fein. Mon ima-
gination troublée, me repréfente fans
ceffe ma fille fouffrante, dévorée par
l'indigence. Cette ombre me fuit, &
m'accable de reproches; pere cruel...!
je foulage tous les malheureux, j'ai
cette feule confolation; en eux, je te
vois, ma fille! puiffes-tu, en quelques
lieux que tu fois, recevoir les mêmes fecours! j'ai perdu l'efpérance de la revoir
avant de quitter cette vie où je languis,
de lui demander le pardon de mes cruau-
tés, de la ferrer dans mes bras, elle &
fon mari; de bénir leur union. Je mourrai donc comme je vis, dans les regrets &
le défefpoir... Il ne me refte qu'un fils, en
qui Dieu me punit de la dureté dont j'ai
accablé fa fœur; il fe plaît à voir fouffrir; jamais la pitié n'ouvrit fon cœur...
Mon Dieu! confole ma vieilleffe, rends-
moi ma fille.

S C E N E   V I I.

CLARISSE *endormie*, **BLINDSON,
SUMMERS, VORTHI.**

BLINDSON.

Avancez, mon fils...

VORTHI *tremblant.*

Monsieur, est-ce vous qui venez m'arracher mon pere....?

BLINDSON.

Non, mon fils, rassurez-vous.... Que
de graces dans cet enfant...! On dit que
dans leurs malheurs vous faites la consolation de vos parens?

VORTHI.

J'essuie quelquefois leurs pleurs; le
plus souvent j'y mêle les miens.

BLINDSON.

Si mal vêtu, vous souffrez beaucoup...?

VORTHI.

C'eft-là le moindre de mes maux.

BLINDSON.

Quel eft donc le plus grand?

VORTHI.

Ah ! celui de voir toujours fouffrir.

BLINDSON *en s'effuyant les yeux.*

Le Ciel te conferve les mêmes fenti-mens : je ne puis refter un feul inftant de plus, je me fens trop agité... *A Summers*, Madame, remettez-leur ce léger fecours, d'ici à ce que je puiffe mieux faire... *Il fort.*

SCENE VIII.

CLARISSE *endormie*, **SUMMERS**, **VORTHI.**

SUMMERS.

Voyez, mon cher Vorthi, l'avantage qu'il y a à être bon, on ne peut vous voir fans vous aimer... Mais j'apperçois votre pere, & Monfieur Jennins.

SCENE IX.

CLARISSE *endormie*, **VORTHI**, **JENNINS, SIDNEI, SUMMERS.**

SIDNEI.

Elle repofe?

SUMMERS.

Oui, depuis un peu de tems. Monfieur, voilà quelques fecours que Monfieur Blindfon, le pere de James, m'a donnés pour vous.... Il a bien embrassé Vorthi, qui a répondu à tout comme un petit Ange...

JENNINS *vivement.*

Comment, Monsieur Blindson...? que je suis fâché de ne l'avoir pas vu.

SUMMERS.

Monsieur, il sort dans le moment même, vous le rejoindrez aisément.

JENNINS.

Je cours... mon cher Sidnei, je vais tout arranger... ne sortez pas, tranquil-lisez-vous...

SIDNEI.

Madame Summers, emmenez un moment mon fils, je desirerois être seul...

SCENE X.

CLARISSE *endormie*, SIDNEI.

SIDNEI.

Il s'approche de Clarisse, la regarde avec tendresse.

PAUVRE, manquant de tout, je ne murmurois pas encore ; tu me restois, j'étois à toi.... : malheureuse Henriette ! voilà le prix de ton amour.... : tu vas être confondue dans un vulgaire que couvre l'opprobre... ; tu me verras entraîné loin de toi..., & c'est moi qui ai causé toutes tes peines... Mon fils, dans un instant, sera sans parens & sans état...

Il reste un moment plongé dans la rêverie la plus sombre.

La vie m'étoit chere tant que je pouvois l'employer à te conserver la tienne ; bientôt mes secours te seront inutiles, on va nous séparer... Qu'ai-je donc à ménager davantage ? rien. *Il tire un pistolet de sa poche.* Je puis franchir la barriere qui me retient, pourquoi retarder.…? *Il s'appuie le bout du pistolet sur le front, le coup manque.* Oh Dieu! Dieu, pardonne-moi.…! *Il jette le pistolet loin de lui, tombe la face contre terre.* Qu'allois-je faire? quel aveuglement.… Eternité.…! je me précipitois pour toujours dans ton abîme.… *Clarisse se réveille.*

CLARISSE.

Que vois-je.…? *Vorms,* mon cher *Vorms,* ah! malheureux.…

SIDNEI. *Il se releve.*

N'approche de moi qu'avec horreur…; je suis le plus coupable de tous les hommes.…; je ne suis plus digne de toi.…

CLARISSE.

Traître.… tu profitois de mon repos pour t'arracher la vie.…? Ingrat..! & ton fils.…

SIDNEI *avec le fen-*
timent du remords.

Ah! Jennins... pourquoi m'as-tu aban-
donné un feul inftant au défefpoir...?

***

S C E N E X I.

Les mêmes. SUMMERS.

SUMMERS.

QUELS cris... Qu'avez-vous...? Ah!
Monfieur, pourquoi l'avez-vous éveillée...Ciel...! un piftolet... ces pleurs...
qu'alliez-vous faire...?

CLARISSE.

Ingrat, tu brifois pour toujours les
liens qui nous uniffent...

SUMMERS.

Que dira Monfieur Jennins...? Hélas! attendez-vous à tout, réfignez-
vous... J'ai apperçu des gens armés...
je ne puis vous le cacher...; Monfieur
Jennins m'a fait avertir... Paffez chez
moi... tout vous menace plus que jamais.

CLARISSE.

Sidnei... fuyons chez Madame Summers...

SIDNEI.

Va, le malheur ne tardera pas à nous
y suivre...

ACTE

ACTE CINQUIÉME
ET DERNIER.

SCENE PREMIERE.

CLARISSE, SIDNEI, SUMMERS, VORTHI.

SIDNEI.

Non, non, je veux attendre ici...,
ne craignez pas..., je verrai s'il est des
hommes assez hardis pour forcer l'asyle
du pauvre...

CLARISSE.

Fuyons..., le parti des méchans est
celui de la violence...

SUMMERS.

Monsieur, je vous suivrai partout,
sauvez votre femme & votre fils, il est
tems encore.

E

SIDNEI.

Le pere de James eſt homme de bien,
il s'oppoſera aux violences de ſon fils,
qui, d'ailleurs, n'oſera arrêter...

VORTHI.

Que dites-vous ? pourquoi voudroit-
on vous arrêter ? nous ne faiſons tort à
perſonne ; j'avois entendu dire qu'on n'ar-
rêtoit que les méchans.

CLARISSE.

C'eſt vrai, mon fils, lorſque les hommes ſont juſtes.

SIDNEI.

J'apperçois Jennins...

SCENE II.

Les mêmes. JENNINS.

JENNINS.

Sidnei... Clariſſe... tout eſt perdu...
nous ſommes ſans eſpérance...

SUMMERS.

Je crois entendre quelque bruit. *Elle sort.*

SCENE III.

Les mêmes. JENNINS.

JENNINS.

Le cruel James... a déjà fait arrêter quelques pauvres, quoiqu'innocens... J'ai vu la liste..., vous êtes désignés des premiers.

CLARISSE.

Nous serons séparés...

SIDNEI *avec amertume.*

Providence! voilà le dernier de tes coups.

JENNINS.

De la confiance en Dieu... jeune homme, jamais de murmure... Le géné-

reux Blindfon a tout fait pour attendrir
fon fils : cette ame fans pitié n'a pas
fléchie. Sous les noms de devoir, d'ordre, de bien public, il jouit du plaifir du
méchant... L'oppreffion, les douleurs
des autres gonflent fon cœur de joie.
Vous ferez les victimes, il n'eft plus
tems d'échapper, vous êtes gardés à
vue, croyez - moi, avouez qui vous
êtes.

SIDNEI.

Pour retomber fous la tyrannie du plus
dur des peres...?

CLARISSE.

Jamais il ne nous pardonnera.

SIDNEI.

Les maux que des étrangers nous cau-
fent font moins infupportables que ceux
qui nous viennent de gens qui nous font
chers... Ce dernier coup va terminer notre vie & nos malheurs; nous ne furvi-
vrons pas à la douleur de cette cruelle

féparation.... ! Jennins , je vous recommande mon fils.   *Tous pleurent.*

JENNINS.

Mes enfans, du courage pour la derniere fois... Dieu vous voit..., c’eft lui
qui vous afflige... , remerciez-le encore :
il éprouve vos forces , tout aura fa ré-
compenfe.

SIDNEI.

Jennins..., encore une fois, je vous
recommande mon fils...

CLARISSE.

Oh! haine de mon pere , ton poids
nous écrafe.

SCENE IV.

Les mêmes. SUMMERS.

SUMMERS.

Monsieur Jennins... Madame... *elle s'asseoit.* Plus d'espoir... vous touchez au moment...

VORTHI *se sauvant derriere son Pere.*

Je frémis... que signifie tout ce trouble...?

SUMMERS.

J'ai vu... Monsieur James lui-même..., il s'avance à la tête d'une troupe de gens armés..., ils sont près d'ici...

On enfonce la porte. Ciel! les voilà.

S C E N E V.

Les mêmes.   J A M E S.   *Gardes.*

J A M E S.

C'EST ici.

J E N N I N S *s'avance.*

Oui, c'est ici, homme dur, que tu vas opprimer la vertu, & porter le coup de la mort à une famille entiere.

J A M E S.

Jennins, votre zèle vous aveugle, je vous conseillerois d'avoir plus de respect...

J E N N I N S.

Et quel respect veux-tu que l'on ait pour un barbare qui n'a de respect lui, ni pour les priéres d'un Ministre, ni pour les noms sacrés de vertu & de pauvreté? Malheureux! tu gémiras un jour sous l'aiguillon du repentir, je te le prédis; le plaisir des méchans est bien court, leurs remords sont éternels.

JAMES.

Va, cynique, je méprise tes injures.

JENNINS.

J'écrirai; si cela ne suffit pas, j'irai moi-même porter aux pieds du Trône la plainte des malheureux; je reclamerai le nom puissant de *Justice*, & je saurai faire punir les méchans qui, comme toi, abusent du pouvoir qu'on leur confie...

VORTHI *se jette aux genoux de James.*

Monsieur! laissez-moi mon pere...; s'il est coupable, punissez-moi...

SIDNEI *à Clarisse qui se jette dans ses bras.*

Unissons-nous, ma tendre amie... que rien ne nous sépare...

JAMES *froidement à ses Gardes, & en se détournant de l'enfant.*

Délivrez-moi de ces importunités.

SCENE VI.

Les mêmes. BLINDSON.

BLINDSON.

Non, non; arrêtez..., *A James*, Mon fils, ne va pas te préparer les reproches d'une mauvaise action...

JAMES *froidement.*

Je remplis mes devoirs...

BLINDSON.

Malheureux, peuvent-ils jamais être d'opprimer l'innocence...?

Clarisse & Sidnei restent embrassés; Vorthi serre son pere.

JENNINS *avec sentiment.*

Ce spectacle n'ébranlera pas ton ame!

toutes mes injustices, n'attriste point ma vieillesse par tes reproches...

Henriette & Vorms se jettent à ses genoux.

Retirez de dessus nous votre malédiction, depuis long-tems son poids nous accable...

BLINDSON.

Oui, oui, je vous pardonne.... *A Jennins.* Ministre saint, bénissez devant moi leur union... Mes enfans., Dieu m'a puni plus que vous... ; les regrets m'ont toujours déchiré, j'ai perdu la faveur dont je jouissois à la Cour, on m'a laissé mes biens, mais on m'a retiré toutes mes dignités ; je n'ai pu me résoudre à porter dans l'avilissement le nom d'*Orbey*, j'ai pris celui de *Blindson*, mon fils a fait de même, voilà les suites de ma faute... *A James.* Deviens sensible, mon fils, embrasse ton frere, ta malheureuse sœur, ce cher enfant ; *avec sentiment,* connois au moins une fois la pitié...

CLARISSE.

Dieu ! ton bras se retire de nous…!

JENNINS.

Ne louez plus que sa miséricorde…

D'ORBEY *sous le nom de*

Blindson.

Respectable Jennins, vous vivrez avec nous.

CLARISSE.

Que vos biens soient les siens, nous savons quel usage il en fait…. *A Summers.* Et cette digne femme…, sans elle nous ne serions plus….: Madame Summers, vous serez ma sœur, je ne vous oublierai jamais…

VORTHI.

Que d'idées se développent en moi !

SUMMERS.

La surprise m'ôte l'usage de mes sens.

HENRIETTE *à Vorms.*

Eh bien, mon ami, fi tu avois tranché tes jours. . .?

VORMS.

Changement inefpéré, *en la regardant avec attendriffement :* je t'adore. . . Mon Dieu !

D'ORBEY.

Quittons cet antre de douleur. . . venez jouir de votre état. . . , *en les ferrant contre fa poitrine,* mes enfans !

JENNINS.

Dieu ! comme tu te joues des hommes ; avec quelle rapidité tu fais fe fuccéder leurs joies & leurs peines. . . ! qui fondera l'abime de tes décrets ?

FIN.

APPROBATION.

J'AI lu, par ordre de Monseigneur le Chancelier, *CLARISSE*, *Drame*, *en cinq Actes & en Prose*; & je n'y ai rien trouvé qui m'aie paru devoir en empêcher l'impression. A Paris, ce 18 Décembre 1770.

CRÉBILLON.

DE L'IMPRIMERIE DE Ph. D. PIERRES,
Imprimeur ordinaire du Grand Conseil.